La señora Boot

El señor Boot

Ted

Poppy

Sam

Rusty

Whiskers

Woolly

Curly

Los animales de la granja
Farm animals

el perro
dog

el ternero
calf

la vaca
cow

el cerdo
pig

el cerdito
piglet

la oveja
sheep

el cordero
lamb

4

Usborne Farmyard Tales

First Spanish Book

Amery

phen Cartwright

and Mairi Mackinnon

Wood and Joe Pedley

book, read by a Spanish person, on the
is an Internet connection and a computer
borne-quicklinks.com then type in the
keywords **first spanish words** and follow the simple instructions. Always follow the
safety rules on the Usborne Quicklinks Website when you are using the Internet.

There is a little yellow duck to find on every double page.

Spanish language consultant: Pilar Dunster

Ésta es la granja Los Manzanos.

This is Apple Tree Farm.

El señor y la señora Boot viven aquí con sus niños,
Poppy y Sam.

Mr. and Mrs. Boot live here with their children, Poppy and Sam.

Tienen un perro que se llama Rusty, y un gato que
se llama Whiskers.

They have a dog called Rusty and a cat called Whiskers.

Ted trabaja en la granja. Cuida a los animales.

Ted works on the farm. He looks after the animals.

el caballo
horse

el burro
donkey

la cabra
goat

el pájaro
bird

el gato
cat

el pato
duck

el patito
duckling

la oca
goose

el ratón
mouse

la casa house

la chimenea chimney

el globo de aire caliente hot air balloon

la bici bicycle

el coche car

el techo roof

la puerta door

Ésta es la casa de Poppy y Sam.

This is Poppy and Sam's house.

la ventana
window

la valla
fence

la puerta de la valla
gate

la nube
cloud

7

la tienda de campaña
tent

la rana
frog

el sendero
path

el arroyo
stream

el barco
boat

el pez
fish

el puente
bridge

el almiar
haystack

el espantapájaros
scarecrow

la charca
pond

el conejo
rabbit

En el arroyo

By the stream

En el patio de la granja

In the farmyard

La señora Boot está lavando el coche.

Mrs. Boot is washing the car.

Poppy va en bici.

Poppy is riding her bicycle.

Hay un globo de aire caliente en el cielo.

There is a hot air balloon in the sky.

el coche
car

la bici
bicycle

el globo de aire caliente hot air balloon

la nube
cloud

10

El arroyo

The stream

Sam está jugando con su barco.

Sam is playing with his boat.

Poppy intenta pescar un pez.

Poppy is trying to catch a fish.

La rana se esconde.

The frog is hiding.

Un pez salta fuera del agua.

A fish jumps out of the water.

el arroyo

stream

el barco

boat

el pez

fish

la rana

frog

el puente

bridge

las sandalias
sandals

el sombrero
hat

las bragas
pants

la camiseta
t-shirt

los calcetines
socks

el vestido
dress

La señora Boot tiende la ropa limpia.

Mrs. Boot is hanging out the washing.

los zapatos
shoes

la sudadera
sweatshirt

el camisón
nightdress

el pantalón corto
shorts

los vaqueros
jeans

la camisa
shirt

13

la escalera
ladder

la manzana
apple

la hoja
leaf

la oruga
caterpillar

el árbol
tree

el zorro
fox

Poppy ayuda a su mamá a recoger las manzanas.

Poppy is helping her mum to pick the apples.

la abeja
bee

la mariposa
butterfly

el columpio
swing

la flor
flower

el
escarabajo
beetle

el caracol
snail

15

Tender la ropa limpia

Hanging out the washing

Rusty quiere jugar con un calcetín.

Rusty wants to play with a sock.

El gato está jugando con el sombrero.

The cat is playing with the hat.

Los vaqueros de Sam están en la cuerda.

Sam's jeans are on the line.

Poppy sostiene su vestido.

Poppy is holding her dress.

el calcetín
sock

el vestido
dress

los vaqueros
jeans

el sombrero
hat

El huerto The orchard

La señora Boot está subida a una escalera.

Mrs. Boot is up a ladder.

Sam está en el columpio.

Sam is on the swing.

¿Va Poppy a coger la manzana?

Is Poppy going to catch the apple?

Un zorro se esconde detrás del árbol.

A fox is hiding behind the tree.

la escalera
ladder

el columpio
swing

el zorro
fox

el árbol
tree

la manzana
apple

17

el gallinero
hen house

la cesta
basket

la lombriz
worm

Sam da de comer a las gallinas.

Sam is feeding the hens.

la pala
spade

el huevo
egg

la carretilla
wheelbarrow

la pluma
feather

18

el cubo
bucket

la gallina
hen

el pollito
chick

la escudilla
dish

el ratón
mouse

la paja
straw

el **remolque**
trailer

el **saco**
sack

el **destornillador**
screwdriver

el **asiento**
seat

la caja de **herramientas**
toolbox

el **martillo**
hammer

Ted está arreglando el tractor.

Ted is mending the tractor.

el tractor
tractor

la pintura
paint

la llave inglesa
spanner

la cuerda
rope

el volante
steering wheel

21

Dar de comer a las gallinas

Feeding the hens

Este pollito tiene hambre.

This chick is hungry.

Cuenta los huevos.

Count the eggs.

Sam trae la comida en un cubo.

Sam is bringing feed in a bucket.

Hay una gallina encima del gallinero.

There is a hen on top of the hen house.

el huevo	el gallinero	el pollito	el cubo	la cesta	la gallina
egg	hen house	chick	bucket	basket	hen

Arreglar el tractor

Mending the tractor

Ted está arreglando el tractor.

Ted is mending the tractor.

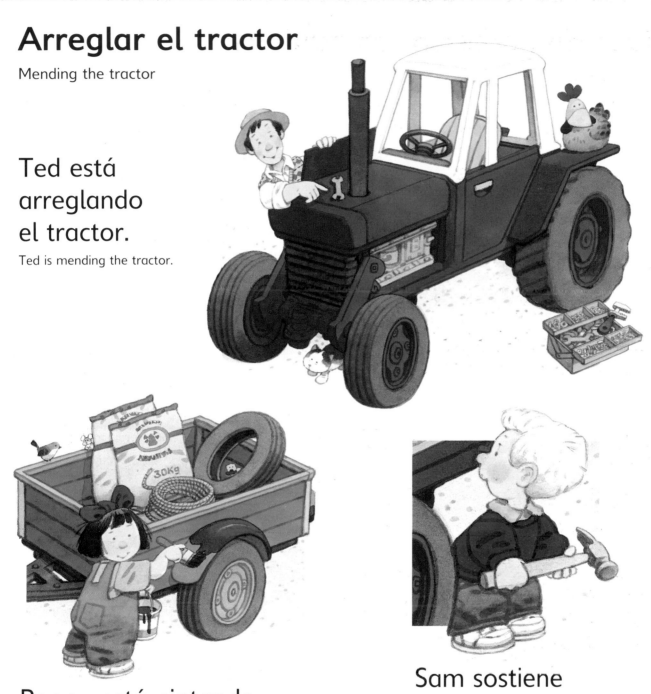

Poppy está pintando el remolque.

Poppy is painting the trailer.

Sam sostiene el martillo.

Sam is holding the hammer.

el tractor
tractor

el martillo
hammer

el saco
sack

el remolque
trailer

23

la máquina
engine

los raíles
tracks

la señal
signal

24

el carbón
coal

el reloj clock

la gorra
cap

el maquinista
driver

En la estación

At the station

el revisor
guard

la lámpara
lamp

el vagón
carriage

la
bandera
flag

25

el castillo de arena
sandcastle

los cabellos
hair

la concha
shell

la mano
hand

los pies
feet

las gafas de sol
sunglasses

los flotadores
armbands

el helado
ice cream

la cabeza
head

la pelota
ball

la toalla
towel

Poppy y Sam están en la playa.

Poppy and Sam are at the beach.

la cesta
basket

el cangrejo
crab

La estación The station

La máquina está en la estación.

The engine is in the station.

El revisor sonríe.

The guard is smiling.

Es la hora de la salida del tren.

It's time for the train to go.

La señora Boot agita la bandera.

Mrs. Boot is waving the flag.

el reloj	el maquinista	el vagón	la bandera	el revisor	la máquina
clock	driver	carriage	flag	guard	engine

En la playa

At the beach

Sam lleva flotadores.

Sam is wearing armbands.

La señora Boot peina los cabellos de Poppy.

Mrs. Boot is combing Poppy's hair.

El señor Boot está enterrado en la arena.
Sólo se ven su cabeza y sus pies.

Mr. Boot is buried in the sand. You can only see his head and his feet.

los flotadores
armbands

los cabellos
hair

la cabeza
head

los pies
feet

29

las patatas
potatoes

las uvas
grapes

las cerezas
cherries

los guisantes
peas

la zanahoria
carrot

los tomates
tomatoes

las fresas
strawberries

la col
cabbage

los champiñones
mushrooms

las cebollas
onions

las ciruelas
plums

la pera
pear

las judías verdes
green beans

La señora Boot, Poppy y Sam venden frutas y verduras.

Mrs. Boot, Poppy and Sam are selling fruit and vegetables.

el pepino
cucumber

la coliflor
cauliflower

la lechuga
lettuce

la manta
rug

el pastel
cake

el cuchillo
knife

el yogur
yogurt

el parasol
umbrella

el chocolate
chocolate

la naranja
orange

el plato
plate

Poppy y Sam
hacen un picnic.

Poppy and Sam are having a picnic.

el pan
bread

el plátano
banana

el sándwich
sandwich

la botella
bottle

el zumo
fruit juice

el tenedor
fork

la taza
cup

el queso
cheese

33

Las frutas y verduras Fruit and vegetables

La señora Boot sostiene un racimo de uvas.

Mrs. Boot is holding a bunch of grapes.

Sam trae patatas y lechugas en una carretilla.

Sam is bringing potatoes and lettuces in a wheelbarrow.

¿Cuántas coles tiene Poppy?

How many cabbages is Poppy holding?

¿Va Curly a comer el tomate?

Is Curly going to eat the tomato?

las uvas
grapes

las coles
cabbages

las patatas
potatoes

las lechugas
lettuces

los tomates
tomatoes

El picnic

The picnic

Poppy ha dejado caer la botella.

Poppy has dropped the bottle.

La señora Boot tiene queso en un plato.

Mrs. Boot has some cheese on a plate.

Sam se sirve leche.

Sam is pouring himself some milk.

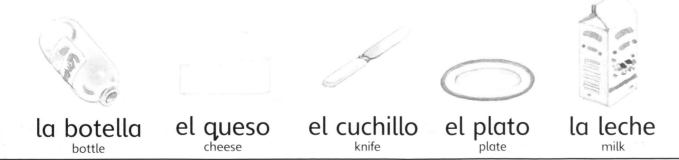

la botella
bottle

el queso
cheese

el cuchillo
knife

el plato
plate

la leche
milk

el ordenador
computer

el teléfono
telephone

el periódico
newspaper

la foto
photo

el vídeo
video

el cuadro
picture

Poppy lee un libro y Sam está jugando con su ordenador.

Poppy is reading a book and Sam is playing on his computer.

la radio
radio

el lápiz
pencil

la televisión
television

la mesa
table

el CD
CD

el rotulador
felt tip pen

la cámara
camera

el estéreo
stereo

la silla
chair

las zapatillas
slippers

la almohada
pillow

la cama
bed

el osito
teddy

el libro
book

el jabón
soap

el cepillo
brush

la persiana
blind

el peine
comb

el espejo
mirror

el lavabo
basin

Es la hora de acostarse.

It's time for bed.

la muñeca
doll

el cepillo de dientes
toothbrush

el váter
toilet

39

En casa

At home

Poppy lee un libro.

Poppy is reading a book.

Aquí está el teléfono.

Here's the telephone.

Sam está jugando con su ordenador.

Sam is playing on his computer.

Papá lee el periódico.

Dad's reading the newspaper.

el libro
book

el teléfono
telephone

el periódico
newspaper

la mesa
table

el ordenador
computer

La hora de acostarse

Bedtime

El osito está encima de la almohada.

The teddy is on the pillow.

Sam está saltando en su cama.

Sam is jumping on his bed.

El jabón está en el lavabo.

The soap is on the basin.

Poppy se cepilla los dientes con su cepillo de dientes.

Poppy is brushing her teeth with her toothbrush.

la cama
bed

el cepillo de dientes
toothbrush

el osito
teddy

la almohada
pillow

el jabón
soap

el lavabo
basin

41

El tiempo
Weather

la nieve
snow

el sol
sun

la lluvia
rain

la niebla
fog

el viento
wind

Las estaciones Seasons

la primavera
spring

el verano
summer

el arco iris rainbow

la tormenta storm

el hielo
ice

las nubes
clouds

el otoño
autumn

el invierno
winter

Los colores

Colours

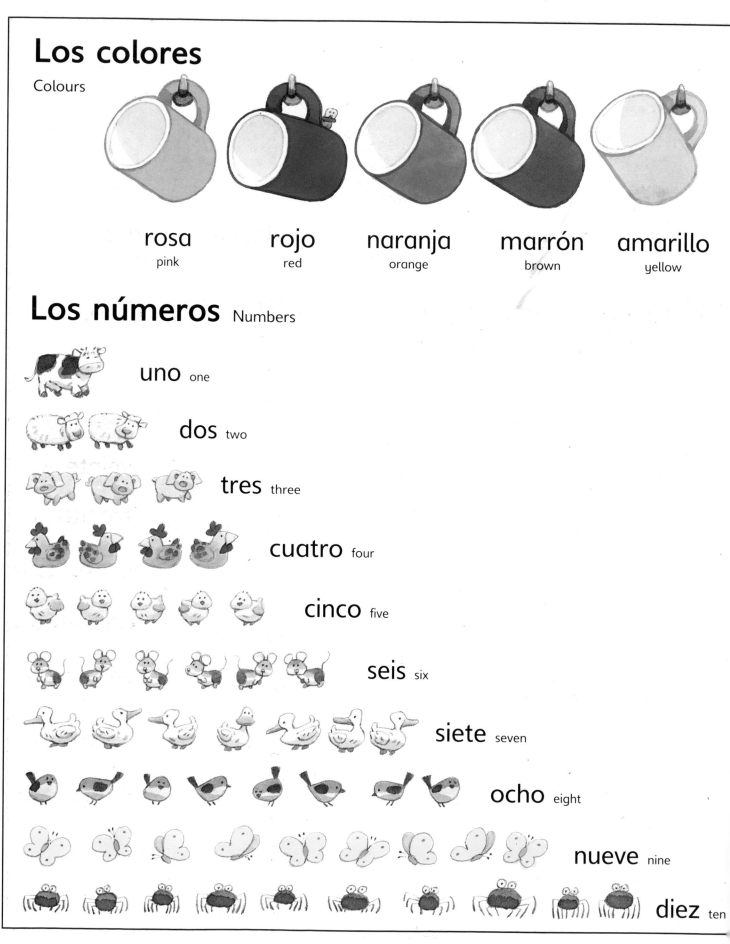

rosa pink

rojo red

naranja orange

marrón brown

amarillo yellow

Los números Numbers

uno one

dos two

tres three

cuatro four

cinco five

seis six

siete seven

ocho eight

nueve nine

diez ten

verde
green

azul
blue

morado
purple

blanco
white

negro
black

Hay cien perros en esta página. Cuéntalos.

There are 100 dogs on this page. Count them.

diez 10

veinte 20

treinta 30

cuarenta 40

cincuenta 50

sesenta 60

setenta 70

ochenta 80

noventa 90

cien 100

Word List

la abeja
el almiar
la almohada
amarillo
el árbol
el arco iris
el arroyo
el asiento
azul
la bandera
el barco
la bici
blanco
la botella
las bragas
el burro
el caballo
los cabellos
la cabeza
la cabra
la caja de
  herramientas
los calcetines
la cama
la cámara
la camisa
la camiseta
el camisón

el cangrejo
el caracol
el carbón
la carretilla
la casa
el castillo de arena
el CD
las cebollas
el cepillo
el cepillo de dientes
el cerdito
el cerdo
las cerezas
la cesta
los champiñones
la charca
la chimenea
el chocolate
cinco
las ciruelas
el coche
la col
la coliflor
el columpio
la concha
el conejo
el cordero
el cuadro

cuatro
el cubo
el cuchillo
la cuerda
Curly
el destornillador
diez
dos
la escalera
el escarabajo
la escudilla
el espantapájaros
el espejo
el estéreo
la flor
los flotadores
la foto
las fresas
las gafas de sol
la gallina
el gallinero
el gato
el globo de aire
  caliente
la gorra
los guisantes
el helado
el hielo

la hoja
el huevo
el invierno
el jabón
las judías verdes
la lámpara
el lápiz
el lavabo
la leche
la lechuga
el libro
la lombriz
la llave inglesa
la lluvia
la mano
la manta
la manzana
la máquina
el maquinista
la mariposa
marrón
el martillo
la mesa
morado
la muñeca
naranja
la naranja
negro

la niebla	el pez	seis	la valla
la nieve	los pies	la señal	los vaqueros
la nube	la pintura	el sendero	el váter
nueve	el plátano	el señor Boot	la ventana
la oca	el plato	la señora Boot	el verano
ocho	la pluma	siete	verde
el ordenador	el pollito	la silla	el vestido
la oruga	Poppy	el sol	el vídeo
el osito	la primavera	el sombrero	el viento
el otoño	el puente	la sudadera	el volante
la oveja	la puerta	la taza	Whiskers
la paja	la puerta de la valla	el techo	Woolly
el pájaro	el queso	Ted	el yogur
la pala	la radio	el teléfono	la zanahoria
el pan	los raíles	la televisión	las zapatillas
el pantalón corto	la rana	el tenedor	los zapatos
el parasol	el ratón	el ternero	el zorro
el pastel	el reloj	la tienda de	el zumo
las patatas	el remolque	campaña	
el patito	el revisor	la toalla	
el pato	rojo	los tomates	
el peine	rosa	la tormenta	
la pelota	el rotulador	el tractor	
el pepino	Rusty	tres	
la pera	Sam	uno	
el periódico	las sandalias	las uvas	Can you find a
el perro	el sándwich	la vaca	word to match
la persiana	el saco	el vagón	each picture?